可以跟你做朋友嗎？

孩子常見的社交問題

作者／蘇菲・弗爾羅　顧問／珍・查爾絲・皮特爾
圖／朵樂蒂・德蒙弗里、索萊達・布拉沃

上誼

我長大了嗎？

太棒了！豬比，你長大了，騎腳踏車不用再靠小輪子了耶！
我長大了？那我可以跟你一起去爬樹嗎？
不行，你還太小，不能爬樹。
咦？豬比到底長大了沒啊？

那等我四歲的時候可以爬樹嗎？
也許可以！
不過，人不可能在生日那天突然長大。
長大需要時間！

那要很久耶！我想要馬上長大。
為什麼？

我長大了，就可以看懂書上的字、可以晚點睡覺……
我啊！長大想要環遊世界。
長大就可以知道將來會做什麼嗎？
我要去開飛機！

走吧！我們騎腳踏車去兜風。
哈狼，你可以載我嗎？
我以為你長大了耶！
有時候，我們想要快點長大，有時候又希望慢一點……

怎樣才算長大？是長高到可以碰到天花板嗎？
也許是當我們有工作的時候？
也許是當我們有小孩以後……
也許是當我們知道很多事情的時候……
有一天，我們會不再長大嗎？

當我們**長大**時……會改變嗎？

還是跟原來一樣呢？

爲什麼要上學？

上學是為了學東西。
咦？我們不能在家裡學嗎？

可以呀！不過，學校和在家裡學到的東西不太一樣。
上學會學到什麼呢？
學寫字啊！像我就學會寫自己的名字。
寫名字很簡單，我也會喔！

來，豬比，你也寫寫看！
嗯……我不會。
豬比，別擔心，老師會教你的。

毛毛，上學除了學寫字，還會做什麼呢？
上學可以和朋友一起玩、一起唱歌啊！

28
所以上學很好玩囉？
不一定！
上學不像在家裡，
想玩就能玩。

毛毛，你好像沒有
長高長大啊！
不過，上學
會讓人成長。
上學
怎麼讓人
成長呢？
豬比，
上學會讓
腦袋變聰明，
這就是成長。

所以去上學
真的比較好囉？
對呀！上學可以
認識新朋友，
一起玩騎馬打仗。
哈狼，
你怎麼
玩起來啦？

那現在來玩「老師說」的遊戲，
我當老師，你們當小朋友。
不！

你覺得……在家裡

和去學校**上學**，有什麼不一樣呢？

可以跟你做朋友嗎？

朋友就是自己喜歡的人啊！
像喜歡女朋友那樣嗎？
嗯～不大一樣，我們不會看到朋友就想親他。

朋友是我們特別喜歡和他一起玩的人。
像喜歡和我哥哥玩那樣嗎？
豬比，家裡的人不能叫朋友。

我們可以自己選擇朋友，對不對？

然後邀請朋友來參加生日派對。
咪咪，妳生日有請我去參加耶！
當然囉！豬比是咪咪的朋友，我也是呀！

變成朋友，我們會喜歡一樣的東西和遊戲。
沒錯，因為我們興趣一樣。
不一定喔！像我喜歡跑步，可是你們都不陪我一起跑……

哈囉，
你要不要和我
一起賽跑？
好啊！
預備，開始。

咦？哈狼
怎麼沒有找我們？
看來哈狼
交到新朋友了！

你覺得 **朋友** 是……

要找和你興趣一樣，還是不一樣的人呢？

男生和女生有什麼不一樣？

你們女生很膽小，而且又很愛哭。
又不是只有女生才會哭。
我是男生，有時候我也會哭……
哈哈！豬比是愛哭鬼。
為什麼男生不能哭？
哭，不好嗎？

不管怎樣，
女生玩打仗遊戲
太危險了！
為什麼女生玩
就比較危險？
因為女生
沒有男生強壯。
女生真的
就比男生弱嗎？

才不是呢！我玩跳繩就比你厲害。
哼！跳繩是女生玩的遊戲。
但是我蠻喜歡玩跳繩耶！

男生也可以玩跳繩嗎？
為什麼不行，誰規定的？

那其實女生跟男生一樣嘛！
不一樣！男生有小雞雞，女生沒有。
這是我們唯一不一樣的地方嗎？
所以，男生和女生還是有不一樣的地方囉？

你覺得……

女生 和 **男生** 不一樣？還是一樣？

有什麼事，是只有男生
或女生才可以做的？

誰當領袖？

領袖就是可以下命令的人，他會說：「這個不行做，那個不行做！」
哈狼，你很喜歡下命令，對吧？
我跟你一樣，也喜歡下命令，我要當領袖！
我來當領袖，因為我最強壯！
咦？領袖一定要是最強壯的嗎？
當然囉！這樣他就可以保護我們。
只要最強壯就可以當領袖嗎？

那麼，最強壯先生，
如果你當領袖，
會對我們下什麼命令？

我要把你們
全部關起來，
不讓你們出去！
不，我不要
被關起來！
如果是這樣，
我就不想玩了！
哈狼，你下的
命令如果沒人
要聽，也可以
當領袖嗎？

也許一個真正的領袖，需要讓人想聽他的命令？
哈狼，如果我跟大家逃走呢？
好主意！
好！咪咪和毛毛，你們躲到沙發後面，豬比再來救你們。
也許，真正的領袖，會聽取別人的意見？

叮咚！

你覺得……領袖應該做什麼呢？

你也想當領袖嗎？

一定要得第一嗎？

我要第一個到樹下玩。
我才不在乎我是不是第一。
豬比，你和那些總是落後的人比，好像也常常是第一耶！
為什麼咪咪什麼都要當第一，這樣不會很累嗎？

我跟咪咪一樣，
喜歡當第一，
尤其是比賽玩遊戲，
那種贏別人的
感覺真棒！
對呀！玩遊戲
沒有分輸贏，
會很無趣耶！

咪咪，我們來
比賽看誰能把球
頂得最高。
哇！哈狼
好強喔！
才不呢，
我才是最厲害的！

砰！
唉唷！
咪咪輸了！
我們不可能
做什麼
都是最棒的……

像我，
最會扮鬼臉。
我唱歌
最好聽。
糟糕！
球卡在樹上了。

這麼高，誰可以把球拿下來呀？
我來，我爬樹最厲害。
咪咪，妳有我厲害嗎？

我碰到球了。
不，是我先碰到的。
好吧！你們兩個平手，都是第一。

你覺得……一定要當**第一**嗎？

還是，不當第一也很好呢？

怎樣才算公平呢？

哼！不公平，為什麼不能玩我最喜歡的打雪仗？
不公平！我和毛毛又沒有丟雪球。
對啊！我們只是在堆雪人。
不公平啦！我又不知道不能打雪仗。

為什麼老師不讓我們玩？
明明打雪仗很好玩啊！

老師說過用雪球丟來丟去很危險。
哈狼，原來你早就知道不可以玩，那你被處罰很公平啊！不像我……

可是在家都可以玩，為什麼在學校就不行？

不公平！難得外面在下雪，卻不能出去玩……
哈狼，你覺得不公平，是因為不能打雪仗？還是被處罰啊？

不如，我們改玩
丟海棉球好不好？
大家一起
攻打哈狼！
好耶！
唉呀！
你們三對一不公平啦！

你有遇過**不公平**的事嗎？

遇到不公平的事，
你覺得要怎麼做才算公平呢？

Les p'tits philosophes
By Sophie FURLAUD (Author)
By Jean-Charles PETTIER (Commentator)
By Dorothée DE MONFREID (Illustrator)
By Soledad Bravi (Illustrator)

Les p'tits philosophes 2
By Sophie FURLAUD (Author)
By Jean-Charles PETTIER (Commentator)
By Dorothée DE MONFREID (Illustrator)

可以跟你做朋友嗎？

作者／蘇菲・弗爾羅　顧問／珍・查爾絲・皮特爾　圖／朵樂蒂・德蒙弗里、索萊達・布拉沃　翻譯／許若雲、賈翊君
藝術總監／張杏如　總編輯／陳曉玲　主編／鄭雅馨　美術編輯／張婉琪　生產管理／黃錫麟
發行人／張杏如　出版／上誼文化實業股份有限公司　地址／台北市重慶南路二段 75 號　電話／23211140〈代表號〉
網址／http://www.hsin-yi.org.tw　客戶服務／service@hsin-yi.org.tw　郵撥／10424361 上誼文化實業股份有限公司
2018 年 10 月初版　2019 年 1 月初版二刷　定價／280 元　ISBN／978-957-762-647-9　印刷／沈氏藝術印刷股份有限公司

　讀者服務／信誼・小太陽親子書房 store.kimy.com.tw